au commencement de ma Lettre ; & la chûte des huit Molaires de Lait , qu'on doit pratiquer cette methode afin de ménager les Dents , en affurant, à ce que l'on prétend , des Héritiers précieux à leurs Parens & à l'Etat.

Je fuis très-parfaitement , &c.

Au 1 5 *Juillet prochain , l'Auteur demeurera rue du Four S. Honoré , vis-à-vis les murs de l'Hôtel de Soiffons.*

Il démontrera inceffamment le Méchanifme qu'il a anon-cé par une Brochure intitulée : Les Eclairciffemens effen-tiels pour parvenir à préferver les Dents de la carrie & à les conferver jufqu'à l'extrême veilleffe.

APPROBATION,

V U & approuvé , ce 7 Mai 1756.

Vû l'approbation, permis d'imprimer, à la charge d'enre-giftrement à la Chambre Syndicale, ce 8. Juin 1756.

BERRYER,

Regiftré fur le Livre de la Communauté des Libraires & Im-primeurs de Paris, N°. 3680. conformément aux Réglemens, & nctamment à l'Arrêt du Confeil du 10 Juillet 1745. A Paris le 1 8 Juin 1756, DIDOT, *Syndiç.*

LETTRE

ÉCRITE DE LA PROVINCE

A MONSIEUR JARD,

Écuyer, Maître en Chirurgie de Paris, & Acoucheur de Madame la Dauphine.

Par M. Louis Beranger, Expert Oculiste, reçû à St. Côme à Paris, Pensionnaire de la Ville de Bordeaux, & reçû dans le Tribunal Royal de Médecine & de Chirurgie de la Ville & Cour de Madrid.

A BORDEAUX,

M. DCC. LV.

374

LETTRE

De M. Lecluze, Chirurgien - Dentiste du
Roi de Pologne, Duc de Lorraine & de Bar,
Chirurgien - Dentiste Pensionnaire de la
Ville de Nancy, & reçu en l'Art & Science
de Dentiste, au Collége de Chirurgie.

A Monsieur *** Médecin à Nancy.

JE suis convaincu, Monsieur, que la plûpart de
vos Citoyens prendront des précautions pour
parer, dit-on, le coup mortel d'une petite-vérole
trop retardée, ce qui m'engage à prendre la liberté
de vous faire part de mes inquiétudes à l'égard des
Dents des Inoculés, ainsi que j'ai fait à Monsieur
Tronchin pendant son séjour à Paris.

Les fréquentes dissections, & les observations réité-
rées que j'ai faites, Monsieur, les unes sur les Machoires
des Enfans morts de la petite-vérole, & les autres,
sur les Dents de ceux qui en sont réchapés, me font
apréhender que si l'on hazardoit d'inoculer avant la
sortie des quatre premieres grosses Molaires, qui
paroissent ordinairement vers la sixiéme année,
elles ne fussent jaunes, sillonnées, piquetées, diffor-
mes, presque sans émail, & de très-peu de durée;
de sorte que le chaud, le froid & les impulsions de
l'air les rendroient susceptibles de douleurs; & qu'-
enfin pareils accidens n'arrivassent aussi à l'égard des
Dents qui décorent le devant de la Bouche, & qui

sortent communément depuis l'âge de sept ans jusqu'à neuf.

Le sentiment de Bunon, * les exemples suivans, & les devoirs de mon état, Monsieur, semblent autoriser mes réflexions & mon entreprise. Lorsqu'un enfant a été attaqué de la petite-vérole à l'âge de quatre ou cinq ans ; les premieres grosses Molaires, les Incisives & les Canines de remplacement, sont considerablement atteintes de la malignité de l'humeur, & les petites Molaires ne s'en ressentent point. si la Maladie n'a eu lieu que depuis six ans jusqu'à sept, les premieres grosses Molaires qui paroissent postérieurement à celles de Lait, les Incisives & les Canines, qui renouvellent ces dernieres, sont attaquées au même dégré ; mais les impressions sont un peu moins profondes qu'au premier âge ; & enfin la petite-vérole ne se déclarant qu'à huit ou neuf ans ; les quatre premieres grosses Molaires n'ont nulle atteinte, les Incisives & les Canines n'en sont que très-legerement frappées.

Ces inconveniens qui ne vous ont peut-être point échapé, me donnent lieu de penser, Monsieur, qu'on ne doit inoculer qu'après la sortie des premieres grosses Dents Molaires, des Incisives & des Canines ; il n'est pas moins essentiel de prévenir la destruction des racines des huit grosses Molaires de Lait, qui couvrent quelque tems les couronnes d'un pareil nombre de petites Molaires de remplacement : il est même à présumer que ces dernieres seroient exposées comme les précedentes à la malignité de l'humeur, si l'on attendoit que leurs racines fussent en partie ulées.

C'est par conséquent, Monsieur, entre la sortie des seize Dents dont je viens de vous entretenir,

* Essai sur les Dents.

LETTRE

ÉCRITE DE LA PROVINCE

A MONSIEUR JARD,

ÉCUYER, MAITRE EN CHIRURGIE de Paris, & Acoucheur de Madame la Dauphine.

PAR M. LOUIS BERANGER, Expert Oculiste, reçû à St. Côme à Paris, Pensionnaire de la Ville de Bordeaux, & reçû dans le Tribunal Royal de Médecine & de Chirurgie de la Ville & Cour de Madrid.

JE profite, Monsieur, avec empressement de la premiere occasion de vous rendre compte de mes travaux sur les Maladies des Yeux ; profession que j'ai entreprise sous vos auspices, & dans laquelle, si je puis me flatter que le Public m'ait reconnu quelque talent, je reconnois encore plus volontiers ne les tenir que de vous, Monsieur ; puisque sans vous ils au-

roient été inutiles ; & c'eſt-là une des vertus qu'on ad-
mire le plus dans les grands Hommes, de joindre au diſ-
cernement des eſprits & des talens un zele vif & une vo-
lonté conſtante de les protéger & de les encourager ; diſ-
poſition d'eſprit bien héroïque, ſur-tout aujourd'hui, &
procédé tout-à-fait noble, qui m'avoit déja manifeſté la no-
bleſſe de votre ame, avant que notre Monarque vous en eût
accordé une autre d'un genre différent, en recompenſe des
ſervices ſignalés rendus dans la Famille Royale ; dans ces
momens heureux où vous êtes le premier à qui le Génie
de la France confie des dépôts précieux & reſpectables,
qui ne devoient plus paſſer que dans des mains reſpectables elles-mêmes. L'équité, la bonté d'un ſi grand Prince
ne pouvoit manquer de s'appercevoir que ce qui fait notre
bonheur en général devoit auſſi faire le vôtre en particulier.

Depuis mon abſence de la Capitale, j'ai viſité, j'ai
parcouru bien des Villes de la France, & je puis dire qu'il
n'en eſt guere qui ne m'ait fourni pluſieurs occaſions d'exercer mes talens tels qu'ils ſoient dans le genre dont j'ai
fait choix. Je n'ai jamais travaillé clandeſtinement, je l'ai
toujours fait ſous les yeux des plus grands Maîtres de
l'Art, qui ſe trouvoient dans les Villes où j'ai paſſé. J'ai
tout écrit, j'ai tout recueilli, tant ce qui a pû parler en
ma faveur & paroître avec quelque éclat, que les éve-
nemens qui ont été malheureux ; car il n'y a nulle prudence, nul talent, nul ſçavoir qui puiſſe nous garantir
dans la pratique des ſuccès toujours heureux. J'ai eu prin-
cipalement cette attention dans les Pays Etrangers où j'ai
paſſé, ſur-tout en Eſpagne où nous avons plus à redouter
de la calomnie & des effets de la jalouſie. Avant mon
départ de Madrid, je fis imprimer une Liſte aſſez nom-
breuſes des Malades que j'y ai opérés, ſans oublier le
ſuccès de mes opérations quel qu'il fut ; & je puis dire
que ce ſuccès dépoſoit aſſez en ma faveur. J'ai cependant
appris depuis que certaines Perſonnes cherchoient à me
faire procès ſur cet article. Il n'y auroit pas un ſi grand
mal juſque-là ; je ne ſuis pas auſſi jaloux d'une reputation
dans l'Etranger que je le ſerois de celle que je puis mériter

dans ma propre Patrie ; & comme je ne puis me promettre
qu'on n'en veuille encore plus à celle-là, si le Public ne
se charge pas lui-même de ma défense : qu'il me permette
de le charger de ce petit Ecrit ou Mémoire, dans lequel
je prend la liberté d'insérer le détail de quelques Cures
que j'ai faites dans la Ville de Bordeaux, dans l'Hôtel de
Ville sous les yeux des Magistrats & des plus habiles Maîtres en Chirurgie. Quoique je me sente très-redevable des
bontés & de la bienveillance que m'ont témoigné Mrs.
les Magistrats de Bordeaux, il est à présumer qu'ils ont cru
rencontrer en moi un Artiste dont les talens pouvoient être
utiles aux Habitans de cette Ville ; aussi est-il juste que
cet Artiste se retrouve, autant pour justifier leur choix &
leur discernement, que pour démontrer à des jaloux que
la Pension dont je suis honoré dans cette Ville est du moins
autant à titre de gratification que de recompense ; je croi-
rois toutefois paroître ingrat aux yeux du Public en parlant
froidement de la distinction que je n'ai reçûe que dans cette
Ville, & si je ne joignois au récit que j'en fais tous les sen-
timens d'une vive & respectueuse reconnoissance.

A mon retour de Madrid, pour commencer mon tri-
mestre dans Bordeaux, il fut décidé que je ferois dans l'Hôtel de Ville, & en présence de Messieurs les Médecins &
Chirurgiens, l'opération de la Cataracte sur douze malades ; je n'avois opéré jusqu'alors que très-peu par extraction ; je fus bien aise d'en multiplier les exemples à la fois
pour faire voir aux Gens de l'Art qu'un des plus grands
avantages dans cette opération, c'est qu'elle exige moins
de précaution & de ménagement que la premiere, qui étoit
peut-être alors la seule qui fut connue. J'opérai ces Malades dans l'espace d'une heure & demie ; & je puis dire que
j'eus cette attention singuliere d'opérer avec promptitude,
persuadé comme je le suis que c'est encore là une des bonnes qualités & une des conditions requises dans l'Artiste qui
veut opérer par extraction ; rien n'est plus révoltant que la
lenteur dans pareil cas, & toutes les lumieres & l'habilité
dans les Maladies des Yeux ne sçauroient être comparées
avec la légereté & l'adresse de la main : plus l'incision
que l'on fait à la cornée transparente se fait lentement, plus

on donne le tems à l'humeur acqueuſe de s'évacuer, & l'inciſion elle-même devient alors plus difficile ; le lieu de la
diviſion décrit des lignes moins parallelles ; condition d'où
dépend la promptitude de la réunion de la cicatrice ; on ſçait
même que ſi cette réunion ne ſe fait pas ſous un ou deux
jours tout au plus, il ſurvient à l'occaſion d'une telle diviſion des hernies de l'uvée qui, tout autant qu'elles ſubſiſtent,
donnent lieu à une évacuation continuelle de l'humeur acqueuſe. Ce n'eſt pas tout, ce mauvais ſuccès eſt ſouvent ſui-
vi d'un autre, je veux dire d'un écoulement qui devient
fiſtuleux par la ſuite, qui par conſéquent ne peut manquer
d'entraîner avec ſoi une atrophie de l'œil. J'obſerverai cependant ici que, lorſque le mal ne va point juſqu'à l'atrophie, & qu'il ſe reduit à une hernie de l'uvée, je ne regarde
point cet accident comme incurable, quoique tous les Au-
teurs le regardent comme tel. Je m'étendrai un peu plus ci-
après ſur ce ſujet ; preuve bien certaine que ce genre d'opération exige, non-ſeulement des mains bien exercées, mais
ſur-tout des yeux bons & attentifs, qui n'abandonnent jamais les mouvemens que fait la main ou l'inſtrument, afin
d'être en état de porter par-tout où beſoin eſt ſon inſtrument avec confiance, & de les retirer dès que la difficulté
ou l'inconvénient s'y oppoſent ; & ces inconvéniens ou difficultés ne ſe préſentent que trop ſouvent par la difficulté
qu'il y a d'aſſujettir le globe qui vacille toujours ſuivant le
plus ou le moins de ſenſibilité & de courage du Malade.

Plus le champ dans lequel l'Artiſte travaille eſt délicat,
plus il s'éleve de difficultés ; la dureté de la cornée qu'il
faut inciſer apporte néceſſairement un obſtacle, ou du
moins un retardement conſidérable ; il n'eſt que trop vrai
que cet article, qui concerne l'inciſion, a beſoin d'être perfectionné. J'ai vû avec une ſatisfaction extrême que l'Aca-
démie de Chirurgie avoit cherché à la rendre moins difficile par de nouveaux inſtrumens qu'elle a imaginés ou ap-
prouvés ; & je demeure convaincu que les bons Artiſtes
réuniront bientôt leurs ſuffrages en faveur de l'inſtrument
de M. de Lafaye. Je n'ai pas été des derniers à m'en ſervir dès que l'idée m'en a été communiquée, & l'expérience
n'a fait que me confirmer dans la bonne opinion que j'en

avois. Le fuccès de cet inftrument eft déja prefque complet ; que fera-ce lorfque M. de Lafaye l'aura perfectionné ? Tout ce qui tend à abréger le tems que l'on employe dans l'opé- ration ne peut manquer de s'attirer l'eftime des Artiftes. Avec un tel avantage M. de Lafaye aura de quoi fe con- foler de la critique qu'en a fait un Homme qui eft vérita- blement de l'art, mais qui n'en voit pas avec plaifir les progrès dans d'autres mains que dans les fiennes : pour moi je regarderai toujours comme très-prétieufes toutes les découvertes qui pourront être utiles au Public.

Il eft vrai que ce nouvel inftrument préfente des diffi- cultés qu'il ne faut pas fe diffimuler, & que s'il a fon mé- rite particulier dans la promptitude de l'opération, il exi- ge auffi une certaine fupériorité d'adreffe dans celui qui opere, à caufe du peu d'efpace qu'il y a entre la cornée & l'iris, & du danger qu'il y a d'offenfer cette derniere. Je dirai à cette occafion que j'avois cru long-tems qu'une bleffure de l'uvée par l'inftrument expofoit totalement à une perte de l'œil ; mais je puis citer nombre de faits qui me font arrivés, & tout récemment, qui m'ont prouvé le contraire. Je citerai un fait récent qui m'eft arrivé dans l'Hôpital S. André de Bordeaux en préfence de Mrs Seris, Gregoire, Ballay Lt., Metivier & Fellonneau. Après avoir fait une incifion à la cornée m'appercevant que le criftalin ne partoit pas comme il devoit faire, je voulus introduire le fcalpel, & je ne pus m'empêcher, malgré toutes mes précautions, de toucher à la pupille & de la divifer dans fa partie inférieure, cherchant à détacher la membrane commune. Je crus dès-lors mon opération infructueufe ; ce- pendant le malade guérit, & y voit actuellement, auffi bien que s'il n'étoit arrivé aucun accident à mon opération. Nouvelle raifon qui doit attirer des applaudiffemens à l'inf- trument de M. Lafaye, puifque cette pierre d'achoppement, je veux dire la bleffure de l'uvée, eft enfin enlevée & que l'on peut impunément toucher ou à l'iris ou au pro- cès cilliaire ; & il eft des cataractes où il faut en venir né- ceffairement à cette forte de diffection de la mambrane commune ; c'eft-à-dire, toutes les fois que cette membrane a contracté des adhérences avec le criftalin lui-même, adhérences qui fe trouvent beaucoup plus communément dans la circonférence du criftalin que dans fon centre ; il eft fans contredit alors beaucoup plus préférable de travailler à rompre & à divifer ces adhérences, que de faire des compreffions trop fortes dans le globle, comme les Artiftes ont coutume de le faire ; compreffion qui ne manque point d'attirer des accidens d'une très-grande conféquence.

Le motif de cette compreffion eft, non-feulement de faire fortir le criftalin, mais encore la mambrane commune, fans quoi l'opération feroit inutile de part ou d'autre ; fur-tout fi la membrane avoit contracté un certain dégré d'opacité qui feroit en état elle feule de former une feconde cataracte : c'eft à un Artifte habille & exercé dans ce genre à juger de la néceffité plus ou moins grande de divifer cette membrane, afin de la faire fortir avec le criftalin, ou du moins d'en emporter la plus grande partie ; le refte n'étant point en état, foit par fon peu de volume, ou par fa tranfparance, de former un obftacle à la prunelle.

Ce que je viens de dire des adhérences ne regarde que ce qu'on appelle adhérences fimples ; c'eft-à-dire, du criftalin avec la membrane commune : c'eft encore plus le cas de la difféquer lorfque cette membrane a contracté des adhérences avec l'uvée elle-même, c'eft ce qu'on appelle une adhérence compliquée. La chofe étant indifpenfable, l'Opérateur ne peut éviter d'entreprendre une diffection auffi délicate, & on doit s'attendre de réuffir puifque j'ai réuffi moi-même dans des cas où je ne m'y étois pas attendu.

Cette attention de faire fortir la membrane doit ce femble avoir encore plus lieu lorfque les cataractes font diffoutes & purulentes ; car alors, non-feulement la membrane commune fubfifteroit, mais auffi la capfulle du criftalin. Je tombai dans ce cas dans la premiere opération des douze que je fis à l'Hôtel de Ville, & j'avouerai ingénuiment que je ne m'en apperçus que lorfque j'eus fait l'ouverture de la cornée. J'avois choifi ce Malade pour l'opérer le premier, penfant que fes deux cataractes étoient des meilleures ; cependant après l'ouverture de la premiere au lieu d'un criftalin que j'attendois, il ne s'offrit à moi qu'une portion endurcie de la membrane commune & de la capfule du criftalin, qui avoit même contracté des adhérences que je fus obligé de difféquer ; à quoi je réuffis affez heureufement : mais ce fut pour découvrir un autre vice dans l'humeur vitrée qui s'étoit également diffoute en partie. Cet accident me donna de l'inquiétude fur la bonté de la cataracte oppofée, que je ne me flattai pas de trouver meilleure, quoiqu'elle le parut ; elle fortit en effet purulente, & comme après l'ouverture d'un abcès ; & je me doutai bien que la contagion avoit gagné jufqu'à l'humeur vitrée, dont il en fortit en effet une portion comme putréfiée & fondue. Je m'en étois promis à moi-même le fuccès fur les apparences qui paroiffoient des plus favorables & fur la bonne conftitution du Malade ; ce qui prouve bien de quelle conféquence il eft de fe munir de tous les pronoftics dont la matiere des cataractes eft fufceptible ; & c'eft ici où ce difcernement exige plus que jamais une certaine délicateffe & une fineffe dans la vûe qui puiffe voir d'un coup d'œil la forme & la figure des cataractes, & décider fi elles font curables ou non ; & ce n'eft qu'en réfléchiffant & en combinant les différens dégrés de dégradation & de décompofition du criftalin. L'examen de la couleur de la cataracte demande une attention infinie, & encore cette couleur doit être comparée avec celle que le criftalin a naturellement dans les différens âges; plus la cataracte perd de fa blancheur naturelle & de fa tranfparence, plus les couleurs qui dégénerent fuppofent une dépravation dans le tiffu du criftalin lui-même : auffi la cataracte qui eft du blanc de neige appartient le plus ordinairement aux Vieillards, parce que le criftalin fe durcit plus aifément à cet âge, que fon noyau eft plus ferme & plus compact. Lorfque les couches fuperficielles du criftalin font plus étroitement unies & plus raboteufes dans leur furface, la cataracte a plus de blancheur & moins de tranfparance : lorfque les enveloppes qui le compofent fe détachent & fe défuniffent, enforte que leur tiffu eft plus lâche & que le criftalin a moins de confiftence, fa blancheur tire un peu plus fur la couleur de paille & fur le blanc de perle.

La couleur jaune, celle de paille, la brune, d'eau de mer, d'eau trouble, verdâtre & rougeâtre, sont des couleurs qui dépendent du plus ou moins de lâcheté dans le tissu de la composition du cristalin; la couleur grise est ordinairement celle qui suppose un tissu & une composition plus molasse dans le cristalin.

Quoique ces différences soient en général plus remarquables lorsqu'on se propose de faire la cataracte par ablation; ce sont là cependant des circonstances qu'il n'est pas inutile de sçavoir relever, même lorsque l'Artiste ne se propose d'opérer que par extraction. Il y a une sorte de maturité à observer, même dans l'extraction, mais qui se borne seulement à prévenir le plus ou le moins d'ouvrage que l'instrument doit faire, & à prévoir la facilité plus ou moins grande que le cristalin aura à sortir après l'incision; il seroit même à souhaiter qu'il fut possible de prévoir les cataractes qu'il est inutile ou trop dangereux de toucher, & celles qui peuvent être incurables, telle que l'étoit celle dont j'ai parlé ci-dessus; car il semble que le Malade, & le Public lui-même, a raison de se plaindre de l'Artiste lorsqu'il porte son instrument dans une partie aussi délicate inutilement & sans aucun effet.

Ce discernement & ce coup d'œil produira encore un autre effet, qui est de faire reconnoître quelles sont les cataractes qu'il est impossible de guérir autrement que par l'extraction; comme il arrive dans certaines cataractes flotantes & fragiles, que l'éguille qu'on employe pour l'ablation ne sçauroit abattre n'y assujettir: ces sortes de cataractes sont assez fréquentes dans les personnes âgées dont le cristalin s'est peu-à-peu décomposé & dissout; dans cet état il est clair qu'il faut abandonner totalement la voie de l'ablation.

Celles qui sont adhérentes indiquent encore plus l'extraction; ce qui se connoit pour l'ordinaire par une couleur tirant sur le bleu. Ce seroit risquer beaucoup que d'entreprendre de les abattre; il est évident qu'il n'y a que l'extraction qui puisse en venir à bout, puisque ce n'est que par son moyen que l'on peut remonter jusqu'à ces adhérences pour les détruire.

A l'égard des cataractes que l'on appelle branlantes, & que la nature a déja commencé à pousser dans la chambre antérieure ; cet accident, qui arrive rarement à la vérité, est cependant arrivé assez souvent pour indiquer aux Artistes le besoin que la nature manifeste d'elle-même d'ouvrir la cornée transparente, & sur-tout lorsque cet accident arrivoit après plusieurs ablations inutiles. Mais cette circonstance n'a point été assez remarquée. L'incision qui fut faite à la cornée en 1707. par M. Petit ne fut faite que forcée & pour remédier à un état contre nature : tant il est vrai que nos connoissances ne s'augmentent jamais sans laisser des intervalles & sans des interruptions, causées par l'ignorance ou la timidité. Le danger que l'on imaginoit qu'il y a de porter l'instrument jusques dans la prunelle arrêtoit la main de l'Opérateur ; c'étoit cependant les plus grands Maîtres de l'Art entre les mains de qui tomboient de pareilles opérations : mais il ne paroît pas qu'ils les ayent regardées comme étant d'une si grande conséquence pour le traitement des cataractes ; il semble qu'il étoit reservé à des yeux plus foibles que ceux de ces grands Hommes d'appercevoir cette lumiere : cependant il étoit aisé de comprendre la disposition constante de la nature, qui est de se débarrasser de tous les corps étrangers qui l'incommodent, qu'elle cherchoit aussi à chasser le plus qu'elle pouvoit la cataracte hors de la chambre postérieure, afin d'inviter l'Opérateur à hazarder l'ouverture de la cornée, après que la cataracte s'est fait jour elle-même jusques dans la chambre antérieure ; ce que la nature fait sans attendre pour cela que la cataracte soit dans l'état de maturité qu'on exigeoit jusqu'alors ; ce qui exposoit visiblement les Malades à des dépravations de l'humeur vitrée, après celles qui étoient arrivées dans le cristalin. Elle indiquoit donc encore qu'il n'y a aucun mal d'opérer les cataractes dès qu'il paroît qu'elles sont formées, d'autant plus que par la durée du tems elles peuvent contracter des adhérences qui les rendroient beaucoup plus difficiles. Ces accidens & chutes du cristalin dans la chambre antérieure indiquoient aussi que la prunelle ou l'iris pouvoient souffrir elles-mêmes certaines violences impunément.

B

Cette terreur & cette crainte de toucher à l'uvée & de la percer devoit auſſi diſparoître , puiſqu'il n'étoit pas poſſible qu'elle n'eût naturellement beaucoup ſouffert dans la ſortie du criſtalin ; ce qui n'empêche néanmoins pas que les Malades qu'on avoit opérés par l'inciſion de la cornée ne recouvriſſent la vûe. Ce ſuccès devoit donc encourager à porter l'inſtrument juſques dans la prunelle , lorſque le beſoin l'indiqueroit comme dans les cataractes avec adhérence.

L'importance de cette découverte s'étendroit encore juſqu'à nous faire connoître d'autres erreurs de pratique dans les Maladies des yeux , & à nous faire revenir d'une certaine timidité qui ne peut que reſſerrer les bornes de nos connoiſſances. Quelques délicats que ſoient certains organes il eſt étonnant de voir combien la nature les a ſoumis à nos opérations ; on ne ſe ſeroit jamais attendu , & moimême je ne m'y attendois pas , qu'il fut auſſi aiſé de toucher à l'uvée & de l'emporter comme on feroit toute autre chair ſuperflue. C'eſt cependant ce que j'ai fait avec tout le ſuccès poſſible dans pluſieurs occaſions où l'uvée avoit donné lieu à des hernies à travers la cornée tranſparente , à la ſuite d'ulceres qui avoient détruit le tiſſu de cette partie. Je me ſuis convaincu que l'uvée eſt une membrane qu'on ne doit pas plus ménager qu'une autre ; j'ai emporté plus d'une fois juſques aux fibres circulaires qui forment le diametre de la prunelle : ce qui en paſſant pourroit peut-être ſervir à prouver combien peu le ſiége de la viſion doit être placé dans la choroïde , puiſque pareille diviſion faite dans la prunelle ne peut que porter une altération conſidérable dans les vaiſſeaux & les nerfs de la choroïde ; ce qui devroit préjudicier à l'organe de la viſion.

Tout le mal qui doit arriver d'un opération auſſi délicate , ſe réunit à ce que la vûe eſt plus ou moins affoiblie , qu'elle eſt plus ou moins louche , ſuivant que la cicatrice aproche plus ou moins du foyer des rayons , & de leur point ordinaire de leur incidence ſur la cornée tranſparente ; auſſi l'Artiſte doit-il s'en éloigner le plus qu'il peut , afin de porter moins d'obſtacle à l'impreſſion de la Lumiere. lorſque les lignes de la diviſion ſont plus éloignées de ce tentre, il arrive feulement que les objets, quoiqu'également aperçûs & dans leur fituation naturelle, font moins fenfibles; d'où il s'enfuit, que quoiqu'il foit recommandé aux Artiftes de menager les organes de la vûe, ce n'eft pas qu'ils ne puiffent porter l'inftrument, & même fans beaucoup de menagement, dans des parties, jufqu'alors refpectées, telles que la Cornée tranfparante, l'Uvée, l'Iris, &c. Voici un cas fingulier qui m'eft arrivé quelquefois en opérant avec l'inftrument de M. de Lafaye : après avoir traverfé la Cornée tranfparente de l'angle externe à l'angle interne, en voulant pefer un peu avec l'inftrument, comme il faut le faire pour achever l'incifion, l'Uvée fe préfente & furmonte quelquefois le tranchant; accident qui eft occafionné par une évacuation, peut-être trop prompte, de l'humeur acqueufe; c'eft pourquoi il faut que l'Artifte, en maniant cet inftrument, fe faffe remarquer, fur-tout par une grande promptitude & legereté dans la main : la lenteur & un excès de circonfpection dans pareil cas, eft la chofe du monde qu'il faut la plus éviter; nonobftant cela lorfque j'ai eu le malheur de traverfer l'Uvée, j'en ai été quitte pour en emporter la partie incifée, ou bien pour en abandonner la cicatrice à l'ouvrage de la nature; réunion qui fe fait d'autant plus vîte, que cette partie étant à l'abri de toute communication de l'air, rien n'empêche la cohéfion des fibres déchirées, & leur raprochement, par le moyen du fuc nourricier que la nature y fournit; mais cet accident n'arriveroit pas, à la vérité, fi l'humeur aqueufe pouvoit demeurer intacte dans l'opération : fi la chofe n'eft pas poffible, du moins faut-il faire enforte que toute l'humeur aqueufe n'acheve pas de s'évacuer avant que toute l'incifion de la cornée foit faite en entier. Et l'on voit bien que ce n'eft pas, ni les yeux, ni la main d'un vieillard qui peut franchir ces obftacles. Avec une main legere & exercée au travail, les plus grandes difficultés difparoiffent; Mais puifqu'on peut fe déterminer par les raifons que je viens de détailler, à emporter l'Iris elle-même, rien ne doit plus nous arrêter, puifque les plus grandes opérations un ftaphilome, lui-même, de l'Iris, n'eft plus d'aucune conféquence ; ainfi qu'une expérience raifonnée nous l'a appris.

Voilà, Monfieur, un léger détail de mes travaux, par lefquels j'avois cru, jufqu'à ce jour, m'être avancé dans ma Profeffion d'Oculifte ; mais il fe trouve que j'ai reculé, s'il faut en croire un Cenfeur moderne, qu'un âge avancé rend peut-être incommode à lui-même, & que ma jeuneffe incommode fans doute encore plus. Je ne puis éviter de le nommer ; c'eft le célebre Monfieur Daviel qui me refufe conftament, & la qualité d'Oculifte, & celle de fon éleve. Je ne trouverois pas un fi grand inconvénient dans le fecond cas comme dans le premier ; cependant mon deffein eft de ne convenir, ni de l'un, ni de l'autre.

Le choix que la Ville de Bordeaux a bien voulu faire de moi, pour en faire fon Oculifte en titre, & l'honneur que j'ai eu d'y travailler fous les yeux des plus habiles Maîtres, femble refuter affez le premier reproche que le fieur Daviel me fait : en effet, je dois au difcernement des Magiftrats de cette Ville, & aux lumieres des Gens de la Profeffion, de négliger toute autre preuve. Je crois donc ma qualité d'Oculifte fuffifamment affermie ; pour celle d'éleve du fieur Daviel, dont je ne vois pas pourquoi je ferois jaloux, je prétends me l'approprier auffi, & même m'en faire un mérite, à la vérité pas fi grand que le fieur Daviel femble le penfer ; & je n'ai pas de plus grande autorité pour cela, que celle du fieur Daviel lui-même ; fes propres Lettres & les termes de leur adreffe, écrite de fa propre main : j'ai cru ne pouvoir me difpenfer de les faire imprimer telles que je les ai reçûes, & je les renvoie à la fin de ce petit Ouvrage.

C'eft avec de pareilles armes, c'eft-à-dire par des Ecrits, que je prétends renverfer auffi le reproche que l'on m'a fait de m'être abfenté, & caché en quelque façon, à l'arrivée de M. Daviel dans cette Ville ; je protefte que je fuis parti de Bordeaux pour Marmande, fans fonger aucunement au fieur Daviel, & que j'y fuis revenu de même ; j'avois été appellé à Marmande long-tems avant l'arrivée du fieur Daviel, pour différentes opérations, en conféquence de quelque opinion qu'on avoit conçû de moi, dont la principale de ces operations a été le traitement d'un Ulcere Chancreux à la Paupiere inférieure, ainsi qu'il en est fait mention dans le Certificat que m'en a donné le Corps de Ville de Marmande, & que je prendrai la liberté d'inférer ici : outre différentes Opérations de Fistules, j'ai eu occasion de traiter la Fille de Monsieur Fager, Subdélégué de M. l'Intendant, d'une Goute-Seréne, non confirmée, pour la guérison de laquelle j'ai reçû les remerciemens & les graciosités les plus obligeantes. Je ne parle pas des Cataractes que j'ai opérées, la chose, comm'on dit, va sans dire; il n'est pas possible qu'un Oculiste aille quelque part sans opérer des Cataractes : j'ajouterai seulement, que lorsque je suis allé à Marmande ç'a été uniquement pour travailler de ma Profession, & je n'imaginois pas que je serois obligé de m'en justifier & d'en rendre compte au Public ; je les aurois laissées dans le silence, ainsi que bien d'autres, si l'on n'avoit pas fait une interprétation maligne de mon absence. On a dit, on a cru que j'avois cherché à éviter la présence de M. Daviel, que je m'étois éclipsé : assurément j'ai toute l'estime & le respect qui sont dûs à M. Daviel, dont je ferois connoître moi-même le mérite s'il en étoit besoin ; mais je n'ai pas été tout-à-fait assez malheureux dans mes entreprises, ni je ne sçache pas avoir assez manqué à son égard, pour chercher à éviter sa présence ; elle n'est point faite pour me contraindre ; & bien loin de chercher à m'éloigner d'elle, mon inclination suffiroit pour m'en approcher.

PREMIERE OBSERVATION.

JEAN MINVIELLE, âgé de 41. an, natif de la Paroisse de Salebœuf Entre-deux-mers, habitant du Fauxbourg St. Seurin à Bordeaux, étoit affligé de plusieurs ulceres sur la cornée transparente de l'œil droit, entretenus par un engorgement considérable & des vaisseaux variqueux, qui en pénétrant toute la cornée transparente la rendoient opaque ; non-seulement il étoit privé de la vûe,

mais encore il étoit affligé d'une inflammation & d'un
larmoyment continuel & douloureux. Il entreprit le voyage de Dreux en Normandie pour se mettre entre les mains
de M. de Chancereux, qui lui fit une opération dont les
suites devinrent infructueuses, puisqu'en effet son œil re-
tomba dans son même état : il y avoit cinq ans qu'il étoit
dans cette triste situation lorsque je l'entrepris.

Je commençai par faire la ligature des vaisseaux, por-
tant quatre points d'éguille, & je les emportai avec les
ciseaux ; je fis des scarifications tout autour de la cornée
transparente, & j'emportai le plus qu'il me fut possible de
la conjonctive : enfin je disséquai la lame extérieure de la
cornée transparente, qui étoit devenue opaque par la maladie ; au reste ce traitement fut précédé par des remedes
généraux, & suivi par des saignées convenables & des pur-
gations, ainsi que d'une diete sévere. Ce Malade fut opéré
à l'Hôtel de Ville, en présence de Messieurs les Magistrats
& de nombre de Médecins & de Chirurgiens de la Ville
de Bordeaux, & fut transporté de-là à l'Hôpital dans la
Salle qui m'a été accordée pour le traitement de mes Malades.

SECONDE OBSERVATION.

LE nommé Jean Trigeart, âgé de 41. an, natif de la
Paroisse de Campuran en Blayois, se trouvoit affligé
de deux cataractes, dont la couleur étoit blanchâtre, &
qui me parurent être bonnes à opérer avec succès. Je
l'opérai par extraction ; mais je vis bientôt avec surprise
qu'il ne sortit point de cristalin, mais seulement une
quantité de pus. C'est cette espece de cataracte qu'on
nomme laiteuse, & qu'on pourroit encore mieux appeller
un abcès du cristalin ; il ne me restoit donc que la capsule
à extraire, ce que j'ai fait en présence de Messieurs Perrochon, Dupuy, Delord, Gouteyron, Dutoya & autres
Maîtres en Chirurgie. Il me fallut tirer avec une précaution
infinie cette capsule, & la disséquer en quelque maniere à
cause des adhérences qu'elle avoit contracté par la contagion de l'abcès ; contagion qui avoit aussi gagné jusques à

l'humeur vitrée, qui vraisemblablement avoit participé de la dissolution du cristalin : aussi cessai-je dès-lors d'espérer aucune guérison dans ce Malade, qui est resté privé de la vûe sans aucune ressource.

TROISIEME OBSERVATION.

LE nommé Jean Lanusse, âgé de 45. ans, natif de la Paroisse de Biscarosse, étoit attaqué de deux cataractes depuis 4. ans & demi, & dont la couleur étoit d'un gris perlé. Je lui fis l'opération par extraction, & je me flattois que l'opération n'auroit aucune suite fâcheuse ; cependant il survint 24. heures après un larmoyment douloureux dont la cause étoit une sorte d'hernie qui s'étoit formée de l'uvée à travers l'incision de la cornée transparente ; accident qui m'étoit arrivé deux ans auparavant à la Chartreuse de Madrid; accident, dis-je, qui ne pouvoit qu'occasionner de grandes douleurs au Malade. A cet aspect je pris le parti de faire rentrer une partie de l'uvée, au moyen de ma curette ; pour l'autre partie, qu'il ne me fut point possible de reduire, je ne balançai point à la couper. Alors le larmoyment cessa & les douleurs ; il se fit une très-bonne cicatrice dans le lieu de la division, & le Malade guérit radicalement, & y voit parfaitement de ses deux yeux : nonobstant que les anciens & même un Praticien moderne regardent ces sortes d'accidens comme incurables, ne conseillant rien moins que d'oser attenter à l'uvée avec des instrumens.

QUATRIEME OBSERVATION.

LE nommé Arnaut Lamothe, âgé de 49. ans, de Senon près Bordeaux, me fut présenté en premier lieu en Avril 1754. ayant deux cataractes commençantes; je jugeai à propos de le renvoyer, puisqu'il y voyoit encore, & afin d'attendre une certaine maturité : néanmoins je le perdis de vûe, & ce ne fut que 4. mois après qu'il se représenta à moi, me disant qu'une bonne Femme lui avoit donné d'une Eau qui lui avoit brûlé un œil; & en effet il étoit atrophié : je tentai de le guérir de l'autre, ce

que je fis par extraction. Mais comme il étoit dit que ce
Malheureux souffriroit des contretems dans ses deux cataractes, il m'arriva, en l'opérant avec l'instrument de M.
Lafaye, qui n'étoit pas des mieux faits ni assez tranchant,
de percer dans le moment de l'incision & en conduisant
mon instrument, de percer, dis-je, l'uvée & d'en entraîner une partie au dehors ; ce qui ne se fit que parce qu'elle
se trouvoit à la rencontre de mon instrument, & elle se
trouvoit ainsi à cause de la fuite trop prompte de l'humeur aqueuse ; je perçai, dis-je, l'uvée au point d'y faire
une seconde pupille ; ce qui n'empêcha néanmoins point
le Malade de guérir & d'y voir comme il fait parfaitement, ayant deux pupilles pour une. J'ajouterai seulement
que la reconnoissance que ce Malade me devoit après un
pareil service l'engagea de me faire une histoire un peu
plus sincere qu'il ne l'avoit d'abord faite de son œil atrophié : il m'avoua, à son grand regret, que c'étoit le sieur
Cisau, privilégié de Bordeaux, qui avoit voulu faire sur
ce Malheureux ses premiers coups d'essai d'Oculiste. Cet
aveu me fut fait en présence de M. Seris, Médecin de
l'Hôpital Saint André, & du Sieur Thibaut, premier Garçon dudit Hôpital, & de nombre d'autres. Je le présentai
quelques jours après à l'Hôtel de Ville devant Messieurs
les Jurats, où il confirma également la vérité de ce qu'il
m'avoit dit.

CINQUIEME OBSERVATION.

MArie-Magdeleine-Modeste Gouteyron, âgée de 4.
ans & demi, native de Bordeaux, y restant rue
Neuve, fille de M. Gouteyron, Maître en Chirurgie,
étoit affligée de naissance de différentes excroissances dures
& calleuses sur les deux globes des yeux, particuliere-
ment près du petit angle, & qui s'étendoient depuis la
partie supérieure jusqu'à l'inférieure, ce qui formoit né-
cessairement des obstacles aux mouvemens de l'œil, &
les tenoit dans un état de strabisme : ces tumeurs étoient
de la grosseur d'une amande ordinaire, ayant contracté
d'ailleurs des adhérences avec la glande lacrymale : les

yeux paroiſſoient bons d'ailleurs. Si ces Tumeurs avoient
été un peu moins calleuſes, & qu'elles n'euſſent point été
adhérentes à la cornée tranſparente, j'aurois tenté de les re-
ſoudre ; mais prévoyant les difficultés, & reconnoiſſant leur
caractere de calloſité, qui pouvoit dégénérer en quelque
tumeur chancreuſe, je me déterminai à les extirper ; ce
qui, au moyen d'autres médicamens internes qui facili-
terent la guériſon, lui rendit l'uſage de ſes deux yeux,
dans leſquels on ne ſçauroit reconnoître aucune trace d
leurs premieres tumeurs.

SIXIEME OBSERVATION.

LA nommée Anne Boucher, âgée de 72. ans, de
Barſac, étoit attaquée de deux cataractes ; l'une à l'œil
droit depuis cinq ans, & l'autre à l'œil gauche depuis deux
ans ; leur couleur étoit d'un blanc de neige ; le globe des
yeux étoit enfoncé & molaſſe. Je me doutois dès-lors de
trouver le criſtalin diſſout ; en effet il ſe trouva diſſout dans
l'œil droit, & une partie de l'humeur vitrée pareillement
diſſoute & abcédée : je trouvai dans l'œil gauche le criſtalin qui étoit comme en flocons. Malgré toutes ces circonſ-
tances, qui ne me firent augurer rien de bon, la Malade
ne laiſſa pas que de diſtinguer parfaitement les objets après
l'opération, comme pourroient l'atteſter nombre de Docteurs en Médecine & de Maîtres en Chirurgie qui étoient
préſens. Cette eſpece de ſuccès ne dura pas long-tems ;
il ſurvint bientôt après un larmoyment d'une matiere
aqueuſe ſi âcre qu'il ne fut pas poſſible à la nature de
travailler à la réunion de la playe ; la chambre antérieure
& l'œil entier peu-à-peu s'eſt atrophié : néanmoins j'ai
toujours penſé que le défaut d'un ſuccès entier dans l'opération venoit du peu d'attention & du mauvais régime de la
Malade. Il ne me fut pas poſſible dans un ſujet de cet âge
de remédier à des accidens d'inflammation, malgré
les ſaignées que je lui fis faire, & autres remedes.

COPIES des Lettres de Mr. Daviel, écrites au Sieur Beranger.

A Versailles le 19. Décembre 1746.

COmme j'ai resté à Versailles plus long-tems que je ne croyois, mon cher Beranger, j'ai jugé à propos de vous écrire ces deux lignes pour vous dire que, s'il est venu des Lettres pour moi, de me les envoyer, & d'en faire un paquet.

Donnez-moi des nouvelles de tous les Malades, que je salue; sur-tout de M. le Marquis de Forbin, M. Martin, M. le Curé, le petit Maçon, sans oublier tous les autres. Marquez-moi encore si quelqu'un m'est venu demander, & leurs noms. Je compte que vous êtes bien, écrivez-le moi cependant, & ayez soin de mes affaires. Vous me direz si ma chaise est bien avancée : donnez-moi encore des nouvelles de Cadet, & s'il a toujours bon appetit; prenez garde qu'il ne se fasse pas de mal. Je compte peut-être de pouvoir me rendre à Paris demain au soir, quoique je n'en sois pas sûr : mais quoiqu'il en soit envoyez-moi toujours mes Lettres, au cas que vous en ayez reçû. Assurez M. Berthier de mes très-humbles respects, & dites à M. Martin qu'il ne tire aucune peine de son bouton de l'œil droit, que je l'emporterai lorsque je serai à Paris.

Adieu mon cher Beranger, croyez-moi toujours votre affectionné Serviteur, D A V I E L.

Au cas que vous soyez bien, vous pourrez remercier ce Garçon Chirurgien que je satisferai à mon retour. Ayez soin que les Chambres soient bien fermées, & d'avoir toujours la clef de la Chambre chez Me. Desgranges au cas que j'arrive, qu'on ne donnera qu'à vous ou à moi.

Vous mettrez mon adresse chez Mr. Leguay, Commissaire & premier Commis de la Marine, rue des Bons Enfans, à Versailles; vous marquerez douze sols sur votre Lettre.

Mes Complimens à Mr. & Me. Desgranges & sa Famille; de même qu'à Mr. Fremont.

Au dos de la Lettre il porte : Vous donnerez douze sols au Porteur, s'il vous rend la Lettre avant midi ; & vous m'écrirez sur le champ par les Carrosses ou Pots-de-Chambres (Voitures publiques de Paris à Versailles.)

L'inscription porte, *A Monsieur Beranger, Eleve en Chirurgie, chez M. Daviel, Chirurgien, rue de Seine, chez M. Desgranges, Baigneur, vis-à-vis la rue du Colombier, Fauxbourg St. Germain, à Paris.*

Seconde Lettre de M. Daviel.

A Versailles le 20. Décembre 1746.

JE compte que vous aurez reçû ma Lettre ce matin, mon cher Beranger, & que vous m'aurez déja fait réponse ; mais au cas que vous eussiez quelque chose à me faire tenir, vous pourrez le remettre au Porteur, & lui dire par un mot de Lettre comme vont les affaires : n'y manquez pás, & me croyez votre affectionné Serviteur, DAVIEL.

L'inscription porte, *A Mr. Beranger, chez M. Desgranges, Baigneur, rue de Seine, vis-à-vis la rue du Colombier, Fauxbourg Saint Germain, à Paris.*

Troisiéme Lettre de M. Daviel.

A Versailles le 21. Décembre 1746.

JE suis en peine de votre santé, mon cher Beranger, quoique vous m'ayez marqué hier que vous alliez mieux. J'ai fait aujourd'hui une grande opération à Mle. Leguai, & je pars pour vous retrouver incessament à Paris : écrivez-moi donc sitôt ma Lettre reçue, & me marquez votre état, celui de mes Malades, de mon Cheval, & de ma Chaise. Si vous avez reçû des Lettres, envoyez-les moi demain ; dites à M. le Curé qu'il ait patience, s'il veut guérir ; assurez de mes respects M. Berthier & M. le Marquis de Forbin, & me marquez si quelque nouveau Malade m'est venu demander, leur nom & leur demeure ;

C ij

ſi vous le ſçavez. J'attendrai votre réponſe avec impa-
tience pour me raſſurer ſur votre compte.

Recommandez à ce jeune Homme, que j'ai pris à votre
place, d'avoir bien ſoin de vous & de mes Malades ; ſaluez
Mr. & Me. Deſgranges & leur Famille, & Mr. Fremont
& ſon Epouſe. Et me croyez toujours, mon cher Beranger, votre affectionné Serviteur, D A V I E L.

Donnez-moi des nouvelles du Laquais de M. d'Heri-
court, s'il eſt guéri.

L'inſcription porte, *A Mr. Beranger, Chirurgien,*
chez M. Deſgranges, Baigneur, rue de Seine, Fauxbourg
Saint Germain, vis-à-vis la rue du Colombier, à Paris.

J'en ai encore d'autres entre les mains, que je crois
inutile de copier, puiſque ces trois ſuffiſent pour prouver
le fait dont eſt queſtion, qui eſt, que M. Daviel m'avoit
remis le ſoin de ſes Malades ; par conſéquent que j'étois
ſon Eleve ou ſon Garçon, comme il le jugera à propos ;
(ainſi que le prouvent toutes les Inſcriptions des Lettres
qu'il m'a écrites) il ſuffit qu'il m'ait cru aſſez entendu dans
ce genre de maladies, pour me les confier. Il paroît auſſi
que M. Daviel m'étoit attaché, qu'il me traitoit du moins
de ſon ami ; choſe dont il ne ſe ſeroit pas aviſé de donner
des marques par écrit, ſi je n'avois été que ſon domeſ-
tique, comme il le prétend. Cette amitié à la vérité a
bien changé, comme il paroît, & peut-être en haine ;
ne ſeroit-ce point parce que j'ai oſé entreprendre de travailler en ſeul pour les maladies des Yeux, & de me rendre
recommandable comme lui dans cette partie ?

Si je voulois paſſer en revûe bien des choſes, je trouverois enfin toutes les raiſons qui ont pû engager le ſieur Daviel à ſe comporter à mon égard comme il a fait. Ne ſeroit-ce point encore pour avoir oſé mettre en doute qu'il
fut l'inventeur de l'extraction ? Il a pû le ſçavoir par des
diſcours qui lui ont été rapportés ; mais il en ſera je crois
encore mieux inſtruit, quand il verra les preuves que j'en
rapporte dans un autre Ouvrage auquel je travaille depuis
long-tems. Ne ſeroit-ce point pour avoir entrepris certaines
Maladies des Yeux, & d'y avoir réuſſi contre l'attente du

fieur Daviel ? Il n'a point ignoré que le véritable motif de mon voyage à Marmandes, qui a été fi mal interprété, étoit le traitement d'un ulcere chancreux à la poupiere infé-rieure. Je fçais que le fieur Daviel n'a rien négligé pour s'inftruire du bon ou mauvais fuccès du traitement de cette Maladie, qu'il difoit par-tout être incurable ; je faifis avec joye l'occafion de lui faire fçavoir que cet illuftre & ref-pectable Malade eft radicalement guéri : (c'eft M. l'Abbé Laliment, Prêtre, Bachelier & Docteur en Théologie.) Je viens d'en recevoir un Certificat complet, qu'on ne peut s'empêcher de regarder comme un hommage rendu à la vérité, puifque c'eft le Malade lui-même qui l'a dicté ; (dont on trouvera la copie à la fin de ce Livre) auquel je prends la liberté de joindre ce que m'en a écrit Monfieur Bouic, qui ne l'a point perdu de vûe pendant tout le tems de fon traitement. " M. l'Abbé Laliment, me dit-il dans „ fa Lettre, vous envoya hier par le Batteau de Pofte „ un Certificat de trois feuilles de papier, pour attefter „ fa parfaite guérifon. Sans vous flatter il eft peut-être „ mieux guéri que vous n'oferiez le penfer : la cicatrice „ paroît fans aucune inflammation. „ Ainfi, puifque le fieur Daviel avoit les yeux ouverts fur ma conduite, il a fçû fans doute que j'avois eu le malheur de guérir tous les Malades que j'avois entrepris à Marmandes ; c'eft une peine de moins pour moi, & je n'ai pas befoin de juftifier ce que j'avance, s'étant donné affez de mouvement pour fçavoir la vérité des faits ; il n'aura point oublié la fille de M. Faget que j'ai guérie d'une Goutte Serene imparfaite, & qui a bien voulu m'en délivrer un Certificat des plus amples. Voilà fans doute ce qui a déplû au Sr. Daviel plus que toute autre chofe qu'il puiffe alléguer contre moi. Il me refte à défirer d'avoir à lui fournir plus que jamais par la fuite de pareils fujets de plaintes. Voici encore, je penfe, un autre grief contre moi ; j'ai ofé traiter des Albu-gôs, infiltrations & ulceres de la cornée, en difféquant dé-licatement fes lames ; chofe que je ne fçache pas qu'il ait encore entrepris. Voilà, je l'avoue, bien des fujets d'im-putations contre moi, auxquels je crois néanmoins avoir affez répondu pour faire déformais tomber les armes de fes tremblantes mains.

COPIE *du Certificat de Messieurs les Magistrats de Bordeaux, tiré d'après l'Original.*

LES MAIRE, SOUMAIRE ET JURATS, Gouverneurs de la Ville & Cité de Bordeaux, Comtes d'Ornon, Barons de Veyrines, Prévôts & Seigneurs d'Eyzines & de la petite Prévôté & Banlieue d'Entre-deux-Mers, Juges Criminels & de Police; certifient à tous qu'il appartiendra, que le sieur Louis Berauger, Expert Oculiste, reçû au Collège de Chirurgie de Saint Côme à Paris, Membre du Corps de la Chirurgie de la Ville & Cour de Madrid, & Pensionnaire de cette Ville; lequel a fait, le premier Juin dernier, différentes opérations sur les maladies des yeux, notamment de la Cataracte, par l'extration du Cristalin, en notre présence; & de celle de Messieurs les Médecins & Chirurgiens de cette Ville qui y furent invités à cet effet; à differentes Personnes de tout Sexe & de tout âge, qui n'avoient aucun usage de la vûe avant les susdites opérations faites, & peu après lesdits Malades ont été envoyés, par nos ordres, à l'Hôpital St. André de cette Ville, pour y être achevés de traiter par ledit sieur Beranger; lesquels il nous a fait venir quelques jours après dans le présent Hôtel de Ville, dans une parfaite guérison. Lequeldit sieur Beranger a séjourné dans cette Ville pendant sept mois, pour exécuter ses engagemens de cette année & ceux de l'année dernière qu'il n'avoit pas pû remplir, attendu qu'il étoit à la Cour de Madrid, s'y étant comporté avec prudence, ce qui lui a attiré l'estime & la confiance du Public : & comme il desire aller dans différentes Villes du Royaume pour exercer ses talens, nous a réquis le présent Certificat, que lui avons octroyé pour lui servir & valoir ce que de raison. Donné à Bordeaux en Jurade, sous le seing du Clerc, Secrétaire & Greffier de l'Hôtel de Ville, Sceau & Armes d'icelle, le 12. Octobre mil sept cens cinquante-quatre. Signé à l'Original, CHAVAILLE.

COPIE du Certificat du Corps de Meſſieurs les Maîtres en Chirurgie de Bordeaux, tiré d'après l'Original.

NOUS souſſignés, Lieutenant de Monſieur le premier Chirurgien du Roi, Prévôts en Charge, & autres Maîtres en Chirurgie de la préſente Ville de Bordeaux; Certifions & déclarons avoir vû faire à Mónſieur Louis Beranger, Maître en la Partie des yeux, reçû à Saint Côme de Paris, une infinité d'opérations de tous genres concernant les maladies des yeux, à l'un & à l'autre Sexe, de tout âge, ſoit à l'Hôtel de Ville, en préſence de Meſſieurs les Jurats, ſoit à l'Hôpital & autres lieux de la ſuſdite Ville, avec toute la dextérité, la délicateſſe & la connoiſſance la plus ſcrupuleuſe que ſes organes exigent.

Nous avons vû avec plaiſir le ſuccès heureux des ſuſdites opérations, ſa façon de remédier aux accidens, à accélérer leur parfaite guériſon; & ſa conduite irréprochable mérite de notre juſtice de lui délivrer le préſent Certificat, auquel nous avons fait appoſer le Sceau de nos Armes, le tout s'étant paſſé ſous nos yeux, nous ſignons avec une entiere ſatisfaction. A Bordeaux le 24. Octobre 1751. Signé à l'Original, BALLAY. Lieutenant, &c. GUINLETTE, ſous-Doyen, &c. GARRELON, Inſpect., &c. DUPUY, prem. Prévôt, &c. FELLONNEAU, ſecond Prévôt, &c. PERROCHON, ancien Chirurgien Major & Chirurgien Juré de cette Ville, &c. MATHEREAU pere, ancien Chirurgien de l'Hôpital St. André de Bordeaux, &c. DUTOYA, Greffier, &c. LAFOURCADE pere, &c. GOUTEYRON, Chirurgien des Incurables & Royal, &c. DELORZ, Chirurgien Juré & Major de l'Amirauté de Guienne, &c. GROSSARD, ancien Prévôt & l'un des Chirurgiens de la Manufacture.

COPIE *du Certificat de Monsieur Gouteyron, Mé,*
en Chirurgie de Bordeaux, tiré d'après l'Original,

NOUS souſſigné Maître en Chirurgie & de l'Hôpital
des Incurables de cette Ville : certifions avoir vû
faire à Monſieur Beranger, Maître en la partie des yeux,
reçû à St. Côme de Paris, une infinité d'opérations aux
yeux, de tout genre, à l'un & l'autre Sexe, de tout âge,
avec autant de dextérité que de connoiſſance de ſes organes, ſoit à l'Hôtel de Ville, à l'Hôpital & autres lieux,
notamment chez moi, ſur un de mes enfans, qui por-
toit de naiſſance ſur les deux yeux des excroïſſances dures
& calleuſes qui gênoient extrêmement leur mouvemens, &
les faiſoit loucher à un point que les objets ne pouvoient
être apperçûs que par côtés, & très-confuſément. La
guériſon parfaite de cet enfant & les ſuccès heureux deſ-
dites opérations, eſſentiellement célles des Cataractes,
qui d'une ſoixantaine qu'il a faites devant nous ont toutes réuſſi, par une nouvelle façon que nous n'avions pas
vû pratiquer ; la conduite irréprochable de l'Opérateur,
ſa ſageſſe & ſa charité envers les Pauvres de cette Ville,
qu'il a viſité & guéri dans leurs Maiſons, exige de nous
cet aveu ſincere de notre eſtime, & pour lui ſervir ce
que de raiſon. A Bordeaux ce 20. Octobre 1751. Signé
à l'Original, GOUTEYRON.

COPIE *du Certificat de Meſſieurs les Magiſtrats*
de Marmande, tirée d'après l'Original, &c.

NOUS MAIRE, CONSULS, GOUVERNEURS,
Magiſtrats pour le Roi, Conjuges & Lieutenans Généraux de Police de la Ville & Juriſdiction de Marmande :
certifions à tous ceux qu'il appartiendra, que le ſieur Louis
Beranger, Chirurgien expert Oculiſte, reçû à St. Côme
à Paris, & Penſionnaire de la Ville de Bordeaux, eſt
dans

dans la préſente Ville depuis environ deux mois, à la réquiſition de pluſieurs perſonnes notables, pendant lequel tems il a fait un grand nombre d'opérations de Catharactes toutes heureuſes, & nommément par l'extraction du Criſtalin, à Antoine Bacquey, Aubergiſte, âgé de ſoixante-douze ans, qui étoit aveugle depuis trois ans, qui par cette opération a recouvert la vûe très - parfaitement, & autres opérations de fiſtules lacrymales, ainſi que ſur les autres maladies des yeux avec tous les ſuccès admirables, ayant même opéré & guéri gratuitement les Pauvres; qu'au ſurplus ledit ſieur Beranger, par une conduite des plus régulieres s'eſt attiré la confiance & l'eſtime générale de nos Concitoyens, en témoignage de quoi nous lui avons accordé le préſent Certificat, que nous avons ſigné & fait contreſigner par notre Secretaire, auquel nous avons fait appoſer le Sceau & Armes de lad. Ville. Donné dans l'Hôtel de Ville de Marmande, le dixiéme jour de Décembre 1754. ont ſigné, Meſſieurs, BOC, VARENNES, BALLIAS, CARLES, L. DOUMAX, MAUSACRE', Secretaire, &c.

COPIE du Certificat de Monſieur Laliman, tiré d'après l'Original.

JE déclare que Monſieur Beranger, Chirurgien Oculiſte, reçû à St. Côme à Paris, & à Madrid, Penſionnaire de la Ville de Bordeaux, m'a radicalement guéri d'une Ulcere chancreux qui m'avoit dévoré toute la Paupiere inférieure de l'œil droit. Cet Ulcere, né depuis environ quinze ans, s'étendoit d'un pouce & demi le long du nez, à commencer depuis le grand canthus incluſivement, où il ſe rétréciſſoit un peu; de là partoient ſept points fiſtuleux, dont l'un ſortoit à un demi pouce de diſtance ſur la Paupiere ſupérieure, les autres ſix alloient juſqu'auprès de la tempe; la Paupiere ſupérieure étoit elle-même bien altérée, elle s'étoit épaiſſie & engourdie, elle étoit rouge vers les deux canthus, & les

D

eils dans ces deux parties en étoient tombés : j'eus recours il y a quelques années à une consultation de Montpellier, signée de trois Docteurs, j'en suivis l'ordonnance de point en point pendant le cours de dix mois qu'elle devoit durer, sans avoir reconnu d'autre amandement, si non, que l'Ulcere fit moins de progrès cette année que les subféquentes ; ainsi depuis ce tems regardant mon mal comme incurable, je me contentai de vivre de régime pour ne pas l'irriter. Deux mois avant l'opération, il me parut plus envenimé qu'il ne l'avoit encore été, puisqu'il jettoit beaucoup de fannie, ce qui n'étoit pas encore arrivé : ce fut le 17. Octobre 1754. que je fus opéré ; j'admirai la vivacité & la dextérité dudit Beranger dans cette opération, & depuis j'ai été étonné plus d'une fois de son habileté à varier les penfemens à mesure que la playe le requéroit. Cette Cure quoique longue, est d'autant plus surprenante que je suis valetudinaire depuis plus de vingt ans, & cinq à six jours après l'opération j'eus une attaque d'Afthme des plus violentes, qui fut suivie d'autres moins vives pendant l'efpace de quatre jours, qu'il remedia à ce mal, auquel je suis sujet depuis plusieurs années, & me soulagea. A l'Afthme succéda une fiévre lente avec de petits redoublemens, elle me tint huit jours, il m'en dégagea au moyen de legers purgatifs qui en détruisirent les fermens. Quinze jours après j'éprouvai une colique qui subfista pendant huit jours ; à cette colique succéda un rhume de poitrine accompagné de fiévre & d'un point douloureux dont je fus encore guéri par fes soins, ce ne fut qu'au commencement de Janvier que je me sentis dégagé ; les remedes qu'il m'a donné depuis ce tems-là, m'ont mis dans un état d'embonpoint que je n'avois jamais eu ; & qui a donné à fes topiques l'efficacité requise pour cicatriser la playe, durant tout ce tems qu'il m'a fait l'honneur de loger chez moi. Il a fait dans ma Maison, & fous mes yeux, nombre d'opérations en faveur des Pauvres, telles que d'extirpations de Loupes, d'Ulceres & de Tayes aux yeux, de l'extraction du Cristalin, des Fistules lacrimales & autres, avec autant de dextérité que de succès : Je certifie au furplus, qu'il s'est comporté durant son séjour avec toute la probité & le désintéressement qui convient à sa Profession ; en foi de tout quoi, j'ai signé le présent Certificat. A Marmande le 22. Mars 1755. Signé à l'Original, LALIMAN, Prêtre, &c.

Monsieur Barada & Monsieur Dupuy, Docteurs en Médecine, m'ont honoré de leurs Certificats.

Messieurs Faure, Duban, Courrègeolles & Larrieu, tous Maîtres en Chirurgie, m'ont délivré chacun un Certificat des plus amples, & très-autentiques.

COPIE du Certificat de Monsieur Seris, Docteur & Professeur Royal en Médecine de la Faculté de Bordeaux.

J'Ai soussigné Médecin ordinaire de l'Hôpital S. André de Bordeaux, certifie que Mr. Beranger, Oculiste, reçu à Paris à St. Côme & Pensionné par la Ville de Bordeaux pour le traitement des Pauvres de la même Ville & Avant-lieu d'icelle ; affligés des maladies des Yeux, a fait dans ledit Hôpital, depuis le mois de Mai dernier, un grand nombre d'opérations sur ces organes ; entre autres celle de la Cataracte par l'extraction du cristalin, avec toute la dextérité & promptitude possibles ; & que lesdites opérations ont été pour la plûpart suivies du succès désiré : En foi de quoi j'ai signé. A Bordeaux ce dixiéme Octobre mil sept cent cinquante - quatre.

Signé, SERIS.

COPIE du Certificat de Monsieur GREGOIRE, Docteur en Médecine de la Faculté de Bordeaux, & Agrégé dans le College de Médecine de ladite Ville.

JE soussigné, Docteur en Médecine dans la Faculté & Agrégation de Bordeaux, Médecin ordinaire de l'Hôpital St. André de ladite Ville, certifie que sur-tout en cette derniere qualité, j'ai vû très-souvent Monſieur Beeranger, Penſionnaire Oculiſte de ladite Ville de Bordeaux, opérer différentes maladies des yeux, telles qu'en premier lieu les Cataractes, dont la guériſon entre ſes mains & le ſuccès a été ſi conſtant, qu'il ne paroît pas qu'on puiſſe l'attribuer qu'à ſon habilleté dans ce genre de maladie, & à une ſupériorité d'un talent naturel & décidé pour les maladies des yeux : ce qui fait que nous lui avons vû guérir nombre de Cataractes, ſuivant la nouvelle methode de l'extraction du Criſtalin : methode qui a été ſi heureuſement réitérée par lui, que l'on peut dire qu'elle a ceſſé d'être nouvelle : certifions pareillement que nous avons eu l'avantage de lui voir opérer des Fiſtules lacrimales & des albugô, hypopium, & nombre d'autres maladies, tant des Paupieres que de la Cornée tranſparente, dont nous lui avons vû ſéparer & diſſéquer les membranes, avec une dextérité & une préciſion qui diſtingue les véritables Artiſtes & les véritables Maîtres de l'Art ; en foi de quoi nous lui avons donné le préſent Certificat. A Bordeaux ce 10. Octobre 1754. Signé à l'Original, G R E G O I R E.

Je ne vous avois pas prévenu, Monſieur, ſur la longueur de ma Lettre, mais la confiance que j'ai en votre bonté en eſt la cauſe : permettez-moi d'abuſer encore de cette même bonté, en vous communiquant une petite Piéce de Vers qui m'a été adreſſée, & qui me fait plus d'honneur que je ne mérite. Vous ſçavez, Monſieur, que les Muſes ont quelquefois chanté le nom de Monſieur Daviel : je ſuis trop flatté qu'elles ayent pû croire que j'y avois auſſi quelque droit & quelque prétention. J'ai l'honneur d'être avec reſpect,

MONSIEUR,

Votre très-humble & très-obéiſſant
Serviteur, BERANGER.

VERS
ADRESSÉS AU Sr. BERANGER
PAR UN DE SES AMIS.

NON, ce n'est plus ce fier Maître des Ombres
    Qui préside aux Royaumes sombres,
Ni ce Dieu courroucé dont le terrible bras
Menaçoit de porter l'éclat de la lumiere
    Jusqu'au noir séjour du trépas :
    C'est BERANGER, qui d'une main légere
    Et secondé d'un fer audacieux,
Fait sortir les Humains d'un monde ténébreux :
    Tel ce Flambeau qui nous éclaire
    De ses rayons frape nos yeux ;
    Tel BERANGER ouvrant notre Paupiere
Paroît lui-même un astre lumineux.

Mon Adresse est chez Mr. Jard, Acoucheur de Madame la Dauphine, rue de Seine, Fauxbourg St. Germain, à Paris ; & à Bordeaux, pendant les mois d'Avril, Mai & Juin, chez Mr. De Casaux, Président à Mortier au Parlement de Bordeaux, rue Judaïque.

www.ingramcontent.com/pod-product-compliance
Lightning Source LLC
Chambersburg PA
CBHW060909180626
46818CB00004B/1887